César

¡Sí, se puede!

Carmen T. Bernier-Grand

Ilustrado por David Diaz

MARSHALL CAVENDISH CHILDREN

A quienes han sido "campeones no sólo de *La Raza* sino de
la raza humana," como lo fue César.
Espero que los lectores de este libro aprendan cómo es el corazón de un
campeón para que así puedan reconocer el campeón en sí mismos y encontrar
campeones aen sus vidas.

—C.B-G.

Para Kerri Ann Pratschner—
"Ren, tú sabes que estoy perdido sin tí."

—D.D.

RECONOCIMIENTOS

Gracias a mi editora Margery Cuyler por animarme mientras este libro evolucionaba y cambiaba en el silencio del salón Sterling de la Biblioteca Central del Condado de Multnomah.

Mil gracias a esos ya mencionados como también a aquellos quienes leyeron el manuscrito en inglés: autores Pamela Smith Hill, Gretchen Olson y Winifred Morris; agricultores Eugene Euwer y Phil Olson; educadores Hope Crandall y Miguel López; ilustradores Carolyn Conahan y David Diaz; mis mejicanitos Celedonio Montes, José Romero, Gloria Rodríguez y Esteban Campos; la buena gentecita de la Fundación César E. Chávez—Juan Carlos Orellana, Ankush Agawal y Julie C. Rodríguez—y mi amiga Kay Winters sin la cual este libro no hubiese sido publicado. Mil gracias también para quienes leyeron el manuscrito en español: Marta Ramirez-Rodenas, Emma Oliver, Amanda Sebti y Mariann Rodríguez. Sin embargo, mi mayor agradecimiento por la edición del libro en español es para Lorena García y las madres de su programa *Even Start Family Literacy* de la Escuela César E. Chávez en San Francisco, California. Esas mamás, quienes le escribieron a mi editora pidiendo que el libro se tradujera al español, han probado que ¡Sí, se puede!

Gracias a la Fundación César E. Chávez por el permiso para reproducir los *Valores* en la carátula posterior y por evaluar el texto.

Contenido

¿Quién lo diría?

¡Híjole!
¿Quién lo diría?

¿Quién diría
que el tímido americano de origen mexicano,
César Estrada Chávez,
vestido con una sencilla camisa de cuadros,
caminando con bastón para proteger su espalda
del dolor de los campos,
podría organizar
una marcha por *La Causa*?

¿Quién diría
que ese hombre con voz de pan dulce,
el cabello color mezquite
y ojos aztecas,
tendría el valor de luchar
por los campesinos
para que tuvieran mejor salario,
mejores viviendas,
mejor salud?

¡Híjole!
¿Quién lo diría?

Cesario

Su verdadero nombre era Cesario.
No Sizar. Ni siquiera César.

Cesario Estrada Chávez
fue el nombre que le dieron sus padres
Juana Estrada
y
Librado Chávez,
en el día de su santo,
el 31 de marzo de 1927,
cerca de Yuma, Arizona.

Cesario,
en honor a su abuelito
más conocido como Papá Chayo.

Cuando fue a la escuela la maestra lo llamó
Sizar Chavez
porque no pudo o no quiso
llamarlo Cesario.

La gente lo llamaba
Sizar Chavez o César Chávez.
Sin embargo, hubiese sido mejor llamarlo
"Amigo de los campesinos"
pues esa fue la gente
por la cual él tanto luchó.

Papá: Librado Chávez

Tan grande
como un guitarrón.
De seis pies de altura.
Manos grandes, fuertes.
Callado.
Enseñó a César
a construir carritos
de latas de sardinas
y tractores de bobinas de hilo.
"Nunca le tuvo miedo al trabajo
y hacía demasiado."
Si alguien perdía su trabajo por ser vago,
decía que esa persona era deshonrada.
"En cambio, si alguien perdía su trabajo
porque estaba luchando por los derechos humanos,
decía que esa persona era honrada."
Le jalaba las orejas a César
y le acariciaba la cabeza.

Mamá: Juana Estrada

Tan chiquitita
como una vihuela.
Poco más de cinco pies de altura.
Manos bien pequeñas—dedos largos.
Hablaba mucho.
"Su lengua bien suelta,
tan rápida como su mente."
A menudo hablaba en dichos.
Educó a César con la Biblia.
"¿Qué es lo que el Dios Nuestro Señor te pide?
Que seas justo,
que ames el amor,
que camines humildemente con Él."
Odiaba la violencia.
"Dios te dió los sentidos,
como la vista, la mente, el habla,
para que puedas salir bien de cualquier situación."
Le hacía té de manzanilla
y lo abrazaba con mucho amor.

Momentos felices

"Durante mi niñez
tuve más momentos felices que infelices."

Al pie de una loma pedregosa y calurosa
en el desierto cerca de Yuma, Arizona,
Librado y Papá Chayo
construyeron una casa de adobe.

Tenía dos alas unidas por un pasadizo.
"Se oía el zumbir continuo de las moscas,
un ruido que siempre estaba allí
y que parecía siempre haber estado allí."

No muy lejos del rancho de Papá Chayo
vivían César y su familia.
En la planta baja de la casa
tenían una gasolinera,
un salón con mesa de billar
y una tienda donde César vendía
cigarrillos, refrescos y caramelos.

Sus tíos, tías y sus ciento ochenta primos
eran sus clientes.
¡Les iba de maravilla!

La Gran Depresión

En los años 30
los tíos y tías de César
y miles de americanos
perdieron sus trabajos.
¿Qué podía hacer Librado
sino ayudar a sus familiares?
Se podían llevar lo que necesitaran de la tienda.
Le podían pagar cuando consiguieran trabajos.
No consiguieron trabajos.
Los anaqueles de la tienda quedaron vacíos.
La familia Chávez se arruinó,
pero aún tenían el rancho de Papá Chayo.

En el rancho
César y su hermano Richard
dormían en la mesa de billar
que Librado no logró vender.
"¡Mira!" César le decía a Richard,
apuntando a la despellejada pared.
"Ahí hay una cara,
y en esa esquina, ¡hay un conejo!"

El rancho de Papá Chayo

César salía de la casa con una canasta
de huevos para vender,
regresaba sin dinero,
sólo con pan
que le habían dado por los huevos.

Cuando su hermanita Vicky nació,
Librado le pagó al doctor con sandías.

Para no perder el rancho,
Librado emigró a California
para trabajar en los campos.
Su familia lo siguió.

En California, César y Richard
hacían bolas de papel de aluminio y las vendían,
barrían el cine donde vieron *The Lone Ranger*,
pizcaban nueces, chícharos y chabacanos.

Con todo y eso, la familia Chávez perdió
el rancho de Papá Chayo.

"El motor de un tractor rojo
calló el cantar de los grillos y las ranas,
y hasta el zumbido de las moscas.
Destruyó los árboles, tumbándolos,
como si fuesen nada.
Mi papá nunca nos dejó tallar
nuestras iniciales o hacerles nada
a esos árboles."

De cosecha en cosecha

Viajaban de cosecha en cosecha.
"Nuestros coches,
llenos de colchonetas, maletas y niños,
contaban la historia de todos los campesinos."

Se quedaron en un campamento,
en una choza sin puertas,
con un inodoro sucio afuera.
Tomaban agua y se bañaban en zanjas.
¡Enfermedades!
Se mudaron.

Un ranchero los dejó
quedarse en su casa.
Tenían agua, gas, electricidad,
dos alcobas, un inodoro limpio.
Ahí trabajaron
hasta que los árboles quedaron desnudos.

Ese invierno
vivieron en una carpa
donde las niñas, Juana y Librado dormían.
Los niños dormían afuera,
entre la tierra empapada
y el cielo chorreando.

Oro verde

Lechuguero,
hombre, mujer o niño
entresacando lechugas
para dejarle espacio
a las *chugas* más poderosas—
el oro verde del patrón.

Ristra tras ristra,
iba César
encorvado, torcido,
segando la *chuga*
con el cortito,
un azadón con mango corto
que lo obligaba a encorvarse.

Sin botas, sólo zapatos
atascados en el lodo,
barro aferrado a las suelas.

Día a día con la mitad de su cara
escondiéndose detrás de un pañuelo
para evitar no respirar
para evitar no tragar
la lluvia de pesticidas
que insistía en metérsele
por dentro.

Sobacos sudorosos,
la espalda adolorida . . . adolorida . . . adolorida
demasiado cansado para sentir hambre.

Soy un payaso

Una palabra en español,
sólo una palabra
Y ahí iba: ¡*Fuii*!
la regla cortando los nudillos de César.

La maestra le colgó un letrero al cuello:
"*I am a clown.*
I speak Spanish."

"*If you're an American,*"
le decía la maestra,
"*speak only in English.*
If you want to speak in Spanish
go back to Mexico."

En su casa su mamá le decía:
"Quien sabe dos lenguas vale por dos."
Ese dicho no se valoraba en la escuela.

Su mamá también le decía:
"Yo no aprendí,
pero tú puedes aprender.
Tienes que ir a la escuela."

Aunque se quedaran en un lugar
por uno o dos días,
su mamá lo mandaba a la escuela.
César asistió a más de treinta escuelas.

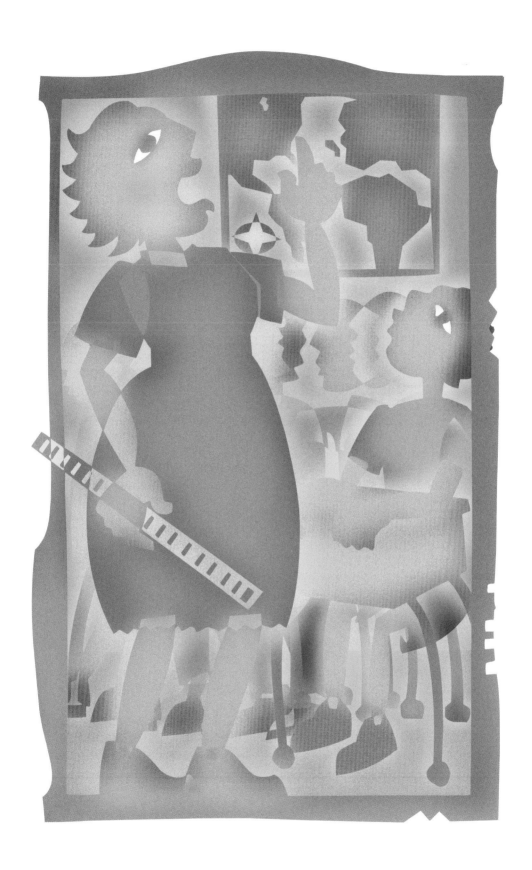

Oración del campesino en lucha

"Concédeme honradez y paciencia
para que yo pueda trabajar
junto con otros trabajadores."

A las cinco de la mañana
un *raitero* llegaba en su *troca*
a recogerlos.
Les cobraba veinticinco centavos
por viaje a cada uno,
más de lo que muchas veces
ganaban al día.

Un contratista les buscaba trabajo
pizcando chícharos por ¡buen sueldo!
Recibían la mitad de lo prometido,
el pago siempre tarde.

Doce centavos la hora
por entresacar cantalupos.
El mayordomo le pagó a César
ocho centavos la hora.
¡Había entresacado tanto como los demás!
¡Ah! Pero él sólo tenía once años,
era chiquito y flaquito.

Raiteros, contratistas, mayordomos
—casi todos americanos de origen mexicano—
intentando ganarse la vida
de una manera muy fea.

"Ayúdanos a amar aun a los que nos odian;
así podemos cambiar el mundo."

Días de pachuco

"De hoy en adelante, Mamá,"
dijo César unos días
después de su graduación de octavo grado,
"usted no va a dar un paso fuera de esta casa
para trabajar en los *files*."
Sus palabras le desbarataron el corazón a Juana.
No más estudios para César.

César trabajó en los campos,
hasta el día en que las semillas de calor
en sus sienes crecieron
calientes gotones que lo hicieron gritar:
"¡Papá, ya no puedo más!"
Se enlistó en la Marina de los Estados Unidos.

A su regreso, había trabajos.
Un trabajo estable, por favor.
Un trabajo con futuro—
para los niños del futuro.

Para él sólo había trabajos en los campos.
Para este americano de origen mexicano,
sin educación,
para este rebelde *pachuco*
vestido con zapatos de suelas gruesas,
pantalones recogidos al tobillo
y un saco muy largo,
sólo había trabajos en los campos.

Virgen de Guadalupe

"Quería romper las reglas del teatro.
En vez de sentarme a la derecha,
me senté a la izquierda.
Cuando me pidieron que me saliera, rehusé.
La policía me llevó a la cárcel."
(Duele, Virgen de Guadalupe,
la discriminación duele mucho.)

"Fui a *La Baratita*,
donde conocí a Helen.
La recuerdo con flores en el cabello."
(No sé lo que valga mi vida,
Virgen de Guadalupe,
pero quiero compartirla con ella.)

"En el barrio *Sal Si Puedes* de San José
teníamos una choza con sólo un cuarto."
(*Sal Si Puedes*, Virgen de Guadalupe,
sólo podemos salir para ir
a la cárcel o al cementerio.)

"Un frío intenso.
Sólo teníamos una linterna para calentarnos.
La dejábamos prendida día y noche."
(Cobijas, Virgen de Guadalupe,
cobijas para calentar a nuestros hijos.)

"Cuando salíamos afuera
se nos atascaban los zapatos en el lodo—
aguas negras, lodo contaminado."
(Una *yarda*, Virgen de Guadalupe,
una *yarda* verde donde nuestros hijos
puedan jugar.)

"Qué ironía tan grande
que las mismas personas
que cosechan los alimentos que comemos
no tengan lo suficiente para comer."
(Frijoles, Virgen de Guadalupe,
por favor, alimenta a nuestros hijos.)

Líneas con curvas

"Dios escribe con líneas llenas de curvas."

¿Qué hizo a César seguir a Padre McDonnell
de campo en campo, de misa en misa?

¿Qué hizo a Padre McDonnell
darle a César las enseñanzas y oraciones
de San Francisco de Asís:
"Señor, házme un instrumento de tu paz"?

¿Por qué mencionó un libro
sobre San Francisco a Mahatma Gandhi,
quien con tácticas pacíficas
logró ganar batallas en contra
de quienes cometían injusticias en la India?

¿Por qué César le habló a Padre McDonnell
acerca de su pasión por lograr cambios
de un modo pacífico y su liderato aún escondido?

¿Qué hizo al Padre McDonnell
enviar a Fred Ross,
quien trabajaba
en la *Organización de Servicios Comunitarios*,
a ver a César?

Las líneas curvas escritas por Dios.

Aprendiendo de lo que tenía por dentro

César cruzó la calle
y, desde la casa de su hermano Richard,
observó al gringo
estacionar un carro destartalado.
De ese carro salió el largucho
con cara de tomate y ropa desaliñada.

Se llamaba Fred Ross.
Seguía viniendo a su casa,
pero César no estaba dispuesto a recibirlo.
"Bueno," le dijo Helen a César,
"esta vez, tú le dices que no lo quieres ver."

César decidió verlo.
"Fred hizo tan buen trabajo
explicándome cómo la gente pobre
podía obtener más poder
que yo casi podía saborearlo en sus palabras.
Lo podía sentir."

Esa misma noche
César empezó a trabajar para Fred Ross.
"Para aprender a organizar," le dijo Ross,
"no tienes que imitarme.
Sigue siendo quien eres."

Poco a poco,
casa por casa,
comunidad por comunidad,
ciudad por ciudad,
año tras año,
César dió discursos
instando a los americanos de origen mexicano
a que votaran.

Recibía buen salario—
superior al de los campesinos.
"Renuncio," le dijo a Fred.
César regresaría a los campos
para organizar un sindicato de campesinos.
"No sabía si podía lograrlo,
pero tenía que intentarlo."

Delano

A Delano
César, Helen
y sus ocho hijos se mudaron.

A Delano
donde los viñedos en la primavera
se ponían como olas de mares verde azul.

A Delano
donde los viñedos durante la pizca
se ponían colorados y dorados,
como la piel del campesino.

A Delano
donde en los fértiles campos había trabajo
todo el año
para Helen, quien estaba dispuesta a
trabajar duro
para que César pudiese luchar,
y donde César podía cavar hoyos los domingos
y ganar dinero para alimentar a sus chavalos.

A Delano
donde los campesinos venían y se quedaban.
César comenzó a organizar no sólo un sindicato,
sino *La Causa*, un grupo de personas pacíficas
dispuestas a luchar para obtener mejor sueldo,
mejores viviendas,
mejor salud.
"Para satisfacer el hambre de los campesinos
por la dignidad humana y el respeto propio."

No se lamenten—¡Organícense!

"Si no lees libros nuevos,
te quedas atrás.
Yo encuentro tiempo para leer de noche.
Quiero seguir siempre adelante."

Habiendo dormido sólo tres horas, César salió de su casa
por la cual pagaba $50 al mes de alquiler.
Pasó por la mezcla de casas pequeñas
adornadas con jazmines, nopales y chiles.
Una vez más, le ganó al alba en su larga caminata
hasta su oficina en Cuarenta Acres.

Se sentó a trabajar en el escritorio de formica roja
que le había hecho su hermano Richard.
Llegaron Dolores Huerta, Richard y el primo Manuel.
En la pared, había un papel con la agenda.
¿Huelgas pacíficas?
¿Peregrinación pacífica?
"¡Estás loco!" le dijeron.
"No podemos lograr nada así."
"Se puede," César les contestó.
"Tiene que haber alguna manera.
Todavía no saben cómo.
Regresen cuando sepan cómo hacerlo."

César se fue a los campos,
donde encontró a los campesinos lamentándose.
"Si es cierto que ustedes tienen malos sueldos,
malas viviendas y malas condiciones de trabajo,"
les dijo, "es la culpa de ustedes.
Ustedes les han dejado hacerles esto.
Solamente ustedes pueden cambiar
lo que les está pasando.
Ustedes—nosotros—tenemos el poder.
Cada uno de nosotros tiene el poder
de controlar nuestras vidas.
Cuando agarremos ese poder,
vamos a mejorar
nuestras condiciones de vida y trabajo."

Los campesinos probaron que tenían
sangre brava y colorada,
tan colorada como la de cualquier otro humano.
Se hicieron miembros
de la *Unión de Campesinos de América*.

35

¡Sí, se puede!

¿Cómo fue que César pudo lograr tanto?
Pidiéndole a los campesinos
que no trabajaran para patrones injustos.
¡Huelga! ¡Viva *La Causa*!
¡Viva la causa por la libertad, la dignidad
y el respeto!

¿Cómo fue que César pudo lograr tanto?
Yendo al frente de una peregrinación
de campesinos,
paso lento a paso lento
más de 300 millas desde Delano a Sacramento
para pedirle ayuda al gobierno,
cojeando con pies en llagas sangrientas,
el águila negra azteca ondeando
en la bandera rojinegra del sindicato,
símbolo de orgullo y dignidad
para él y sus raíces mexicanas.

¿Cómo fue que César pudo lograr tanto?
Dejando de comer,
ayunando por el amor
para que no hubiese violencia.

Ayunando por la vida
para que el mundo se percatara
de que había campesinos
con problemas respiratorios
campesinos con sarpullido
campesinos muriéndose de cáncer
campesinos ahogándose en la plaga de pesticidas
que el gobierno insistía no hacía daño.

¿Cómo fue que César pudo lograr tanto?
Pidiéndole a la gente que no comprara ni uvas ni lechuga
hasta que los patrones dejaran de usar los pesticidas,
hasta que los campesinos tuviesen mejor vida,
hasta que los campesinos tuviesen vida.

César logró mucho.
"Ya los campesinos están saliendo de su pobreza
y de su falta de valor."

¡Sí, se puede!
La respuesta está en usted y en mí.

Más tiempo que vida

"'Hay más tiempo que vida.'
Es uno de nuestros dichos.
No nos preocupa el tiempo,
porque el tiempo y la historia
están a nuestro favor."

A Cesario Estrada Chávez
se le apagó la luz de la vida
mientras dormía pacíficamente
el 23 de abril de 1993,
en San Luis, Arizona—
cerca de Yuma donde nació,
cerca del rancho de Papá Chayo.

Por el servicio incansable de César Chávez
y los sacrificios de *La Causa*,
el cortito fue eliminado,
casi todos los campesinos gozan de mejor salario,
hay baños en los campos, agua potable, minutos de descanso,
beneficios de desempleo, pensiones y beneficios médicos.

Por el servicio incansable de César Chávez
y la valentía de *La Causa*,
los patrones proveen máscaras y guantes,
el consumidor está más al tanto de la comida que compra,
DDT y otros pesticidas están prohibidos,
y más gente cuida de la tierra.

Por el servicio incansable de César Chávez
y la lucha no violenta de *La Causa*,
muchos campesinos son tratados con dignidad
y han restaurado el respeto por sí mismos.

Cuando César Chávez murió
no poseía un carro.
Nunca tuvo su propia casa.

"La verdadera riqueza no se mide
por el dinero o la clase social o el poder.
Se mide por el legado que dejamos
a aquellos a quienes amamos
y aquellos a quienes inspiramos."

Notas

Dedicación
"campeón no sólo de la *La Raza*": McGregor, *Remembering Cesar*,
     p. 72.
Papá: Librado Chávez
"Nunca le tuvo miedo": Levy, *Cesar Chavez*, p. 8.
"En cambio, si alguien": Ibid., p.33.
Mamá: Juana Estrada
"Su lengua": Levy, *Cesar Chavez*, p.8.
"Qué es lo que Dios": Jensen and Hammerback, *Words of César
     Chávez*, p.173.
"Dios te dió": Levy, *Cesar Chavez*, p.18.
Momentos felices
"Durante mi niñez": *California Curriculum Project*, "César E. Chávez's
     Biography."
"Se oía": Levy, *Cesar Chavez*, p. 10.
La Gran Depresión
"¡Mira! Ahí hay una cara": Levy, *Cesar Chavez*, p. 11.
El rancho de Papá Chayo
"El motor": Levy, *Cesar Chavez*, p. 41.
De cosecha en cosecha
"Nuestros coches": Levy, *Cesar Chavez*, p. 51.
Soy un payaso
"*I am a clown*": Taylor, *Chavez*, p.64.
"*If you are an American*": Paráfrasis: Levy, *Cesar Chavez*, p. 24.
"Yo no aprendí": Ibid., p. 65.
Oración del campesino en lucha
"Concédeme honradez": Chávez, *Oración del campesino en lucha*,
http:www.lared-latina.com/campesinos.html
"Ayúdanos": Ibid.
Días de *pachuco*
"De hoy en adelante": Levy. *Cesar Chavez*, p. 72.
"¡Papá, ya no puedo más!": Collins, *Farmworker's Friend*, p. 20.
Virgen de Guadalupe
"Quería romper": Levy, *Cesar Chavez*, p.86.
"Fui a *La Baratita*": Ibid.
"No sé lo que valga": de la canción "*Paloma querida*."
"En el barrio:" Levy, *Cesar Chavez*, p.87.
"Un frío intenso": Paráfrasis: Ibid.
"Cuando salíamos": Paráfrasis: Ibid.

"Qué ironía": Jensen and Hammerback, *Words of César Chávez*, p.167.

Líneas con curvas

"Dios escribe": Levy, *Cesar Chavez*, p. 42.

Aprendiendo de lo que tenía por dentro

"Esta vez": Matthiessen, *Sal Si Puedes*, p. 44.

"Fred hizo tan buen trabajo": Levy, *Cesar Chavez*, p. 99.

"No me tienes que imitar": Jensen and Hammerback, *Words of César Chávez*, p.174.

"Renuncio": Levy, *Cesar Chavez*, p.147.

"No sabía si iba:" Jensen and Hammerback, *Words of César Chávez*, p.123.

Delano

"Para satisfacer": Jensen and Hammerback, *Words of César Chávez*, p. 38.

No se lamenten—¡Organícense!

"Si no lees": McGregor, *Remembering Cesar*, p.40.

"¡Estás loco!:" Levy, *César Chávez*, p.164.

"Se puede": Ibid., p.30.

"Es cierto": Ibid., p. 68.

"Sangre brava": de la canción *"Tequila con limón."*

¡Sí, se puede!

"Ya los campesinos": Jensen and Hammerback, *Words of César Chávez*, p. 64.

"¡Sí, se puede!": McGregor, *Remembering Cesar*, p.5.

"La respuesta": Ibid., p.12.

Más tiempo que vida

"Hay más tiempo": Matthiessen, *Sal Si Puedes*, p.35.

"La verdadera riqueza": Jensen and Hammerback, *Words of Cesar Chavez*, p.98.

¡Viva *La Causa*!

"Déjense de tonterías": Matthiessen, *Sal Si Puedes*, p.115.

"Si miras hacia atrás": "Viva La Causa," César Chávez entrevistado por Wendy Goepel.

Cronología

"Una de las figuras heroicas": La red: www.clnet.ucr.edu

Valores centrales de César Chávez

Cesar E. Chavez Foundation. La red: www.cesarechavezfoundation.org

Glosario

Asociación Nacional de Trabajadores Agrícolas: National Farm
    Workers Association

Chuga: Lechuga

El cortito: Azadón de mango corto

Files: Campos

¡Fuii!: Sonido que hacía la regla al darle en las manos

I am a clown. I speak Spanish: Soy un payaso. Hablo español.

*"If you're an American, speak only in English. If you want to speak in
    Spanish, go back to Mexico.":* "Si eres americano habla sola-
    mente en inglés. Si quieres hablar en español, regrésate
    a México."

Lechuguero: Entresacador de lechuga

Organización de Servicios Comunitarios: Organization of Community
    Service (OCS)

Pachuco: Joven que se rebela en contra de sus raíces. De joven, a
    César le gustaba bailar el *"Boogie-woogie"* pero odiaba los
    mariachis y el té de manzanilla que le hacía su mamá.

Peaceful marches: Marchas pacificas

Peaceful strikes: Huelgas pacificas

Raitero: Nombre que los campesinos le dan a la persona que les da
    transporte a los campos.

Sal Si Puedes: Barrio de San José, California .

Troca: Camión

Unión de Campesinos de América: United Farm Workers (UFW)

Yarda: Patio

¡Viva La Causa!
La vida de César

César Estrada Chávez vió por primera vez la luz de la vida cerca de Yuma, Arizona, el 31 de marzo de 1927. Tenía cuatro hermanos: Rita, Richard, Eduvigis (Vicky) y Librado (Lenny). Su primo Manuel vivía con ellos. Todos llamaban a César *Manzi* porque tomaba mucho té de manzanilla.

Cuando César tenía diez años, su familia emigró a California para trabajar en los campos. Les pagaban salarios sumamente bajos y vivían en chozas, debajo de puentes o en cualquier lugar donde los dejaran dormir.

En aquellos tiempos no existían sindicatos de campesinos, pero el papá de César reunía a los trabajadores en su casa. César aprendió mucho escuchándolos. A su mamá, quien le enseñaba a ser pacífico, no le gustaban los sindicatos porque los miembros a menudo utilizaban métodos violentos para lograr cambios. Por el contrario, cuando la familia Chávez veía una injusticia, protestaba dejando de trabajar y saliéndose del campo.

Como tantos otros campesinos, la familia Chávez iba de cosecha en cosecha. Por eso César fue a más de treinta escuelas. Cuando se graduó de octavo grado dejó la escuela para ayudar a su familia económicamente trabajando en los campos.

En 1946 César se enlistó en la Marina de los Estados Unidos y pasó dos años en las islas del Pacífico. Cuando regresó se casó con Helen Fabela y tuvo ocho hijos: Eloise, Fernando (Polly), Paul (Babo), Linda, Sylvia (Mia), Anthony (Birdie), Elizabeth (Liz) y Anna.

En 1952 César conoció a Fred Ross, quien trabajaba para la *Organización de Servicios Comunitarios*. Aunque César no lo conocía, le tenía desconfianza.

Cuando por fin se conocieron, Ross convenció a César de que trabajara para la organización ayudando a latinos a convertirse en ciudadanos americanos e inscribiéndolos para votar. En 1956 César obtuvo el puesto de director de la organización.

En 1962 César dejó su trabajo, se mudó con su familia a Delano, California, y junto con Dolores Huerta comenzó a organizar el primer sindicato de campesinos. La Asociación Nacional de

Trabajadores Agrícolas—más tarde la *Unión de Campesinos de América* o *United Farm Workers (UFW)*—no era solamente un sindicato sino *La Causa*, un movimiento que transmitía valor a los campesinos para que lucharan para obtener mejores condiciones de trabajo y mejorar su calidad de vida.

Cuando un grupo de campesinos filipinos se pusieron en huelga, César y los otros miembros de la *UFW* se unieron al piquete. La *UFW* le extendió la membresía a los filipinos. Todos los miembros de la *UFW* se comprometieron a lograr cambios sin utilizar violencia.

En 1966 César—inspirado por Dr. Martin Luther King Jr.—organizó una marcha desde Delano hasta Sacramento donde la *UFW* obtuvo más de diez mil seguidores. En 1977 César resolvió una controversia de cinco años con los *Teamsters*, un sindicato de transporte en competencia con *UFW*. César también ayunó para insistir en que su sindicato no utilizara métodos violentos y para que el mundo se percatara del uso de pesticidas en los campos. Sus boicoteos mundiales causaron que la venta de uvas fracasara hasta tal punto que los patrones tuvieron que negociar con el sindicato los salarios, las condiciones de trabajo y el uso de pesticidas.

Por todos sus logros algunas personas pensaban que César era un santo. Cuando oía eso contestaba "Déjense de tonterías." Era humano, no super humano.

Como a las nueve de la mañana el viernes, 23 de abril de 1993, un oficial de la *UFW* encontró a César todavía en la cama con zapatos y ropa puesta y un libro sobre las destrezas nativas americanas en su mano derecha. César había fallecido.

Más de 40,000 personas fueron a su funeral en Delano. Lo sepultaron al pie de una loma desde donde él a menudo observaba el amanecer en La Paz, California.

César Chávez no ha sido olvidado. Nuevo México, Texas, Colorado y Arizona han declarado el 31 de marzo como el *Día de César Chávez* y ha sido designado día festivo en California. Muchísimas escuelas y centros llevan su nombre y los estudiantes continúan aprendiendo sobre *La Causa*. En el año 2003 el Servicio Postal de los Estados Unidos emitió un sello postal conmemorándolo.

Hoy en día la *UFW* tiene más de 100,000 miembros y oficinas en California, Texas, Arizona y la Florida. Sin embargo, algunos estados están intentando aprobar leyes en contra de las huelgas y los boicoteos. Como César dijo una vez: "Si miras hacia atrás, hemos andado mucho; si miras hacia el frente, todavía tenemos mucho que andar."

Aún así, César Chávez comprobó su lema: ¡Sí, se puede!

Cronología

1927—El 31 de marzo Cesario Estrada Chávez nace cerca de Yuma, Arizona.

1934—Cesario comienza a ir a la escuela donde su nombre cambia a César.

1937—Librado Chávez se muda a California y la familia se une a él.

1942—César se gradúa de octavo grado y deja la escuela para trabajar en los campos.

1944—César desobedece las reglas del cine cuando rehúsa sentarse en el lugar para mexicanos; pasa una hora en la cárcel.

1946—César se enlista en la Marina de los Estados Unidos.

1948—César sale de la Marina y se casa con Helen Fabela.

1952—César ayuda al Padre Donald McDonnell, conoce a Fred Ross y trabaja con Ross en la *Organización de Servicios Comunitarios o Community Service Organization (CSO)*.

1956—César es director general de la CSO.

1962—César renuncia a la CSO y se muda a Delano donde comienza la *Asociación Nacional de Trabajadores Agrícolas* precursora de la *Unión de Campesinos de América o United Farm Workers of America (UFW)*.

1965—El 8 de septiembre los campesinos filipinos se ponen en huelga para lograr mejores sueldos. *La Asociación Nacional de Trabajadores Agrícolas se une a ellos*.

1966—César organiza una marcha desde Delano hasta Sacramento.

1967—El boicot de uvas comienza.

1968—El 14 de febrero César comienza un ayuno de veinticinco días en contra de la violencia. El Senador Robert F. Kennedy describe a César como "una de las figuras heroicas de nuestros tiempos." El 24 de marzo comienza un boicot nacional de uvas.

1969—El 10 de mayo se declara un boicot internacional de uvas.

1970—UFW y los rancheros se ponen de acuerdo. Terminan las huelgas y los boicoteos. Los *Teamsters* y los patrones firman un contrato para sacar a los miembros de la UFW de los campos. Un boicot de lechuga comienza.

1972—César ayuna desde el 11 de mayo hasta el 4 de junio para protestar por una ley en Arizona que prohibe a los trabajadores hacer huelgas y boicoteos.

1973—Comienzan nuevos boicoteos cuando los patrones rehúsan renovar el contrato.

1975—César ayuda al gobernador de California Jerry Brown a aprobar el *California Agricultural Labor Relations Act*, una pieza legislativa que permite a los trabajadores tener un sindicato.

1977—Los *Teamsters* deciden dejarle los campos a la *UFW*.

1979—UFW gana sus demandas para obtener un aumento de sueldo significativo.

1982—El gobernador George Deukmejian veta proyectos de ley que están a favor de los campesinos.

1984—En enero César pide que se comiene otro boicot de uvas.

1988—César ayuna por treinta y seis días, "*Ayuno por la vida*."

1992—Los trabajadores en la viñas reciben el primer aumento de salario en nueve años.

1993—César muere durmiendo en San Luis, Arizona, muy cerca de donde nació. El 29 de abril cuarenta mil personas van a su entierro en Delano.

1994—Se establece la Fundación de César E. Chávez que promueve los ideales, el trabajo, y la visión de *La Causa*. El Presidente William J. Clinton condecora a César Chávez póstumamente con la Medalla de la Libertad. El 8 de agosto Helen acepta la medalla en una ceremonia especial en la Casa Blanca.

Fuentes de información

En la red

California Curriculum Project, "Hispanic Biographies," *César E. Chávez's Biography*, 1994. La red: www.sfsu.edu.

César E. Chávez, "Oración del campesino en lucha," La red: www.lared-latina.com

César E. Chávez, "One of the Heroic Figures of Our Time," 1927–1993. La red: www.clnet.ucr.edu

Chávez, César, "*Prayer of the Farm Workers' Struggle*." La red: http://clnet.ucr.edu/research/chavez/themes/ufw/prayeng.htm

Cesar E. Chavez Foundation. Los Angeles, California. La red: www.cesarechavezfoundation.org.

Goepel, Wendy. "Viva La Causa," entrevista con César E. Chávez. La red: www.sfsu.edu

La Opinión. "César Chávez." La red: www.laopinion.com

United Farm Workers. Los Angeles, California. La red: www.ufw.org.

Publicaciones y entrevistas

Altman, Linda Jacobs. *The Importance of Cesar Chavez*. San Diego: Lucent Books, 1996. **Ayala, Rudolfo** y **Gaspar Enriquez** (ilustrador). *Elegy on the Death of César Chávez*. El Paso: Cinco Puntos Press, 2000. **Bernier-Grand, Carmen T.** Entrevista con Dolores Huerta. Conferencia de César E. Chávez. Portland, Oregón. 10 de marzo de 2003. **Bernier-Grand, Carmen T.** Cotejo de datos con Julie C. Rodríguez, *Cesar E. Chavez Foundation Community Programs Office*, 11 de julio del 2003. **Collins, David R.** *Farmworker's Friend: The Story of Cesar Chavez*. Minneapolis: Carolrhoda Books, Inc, 1996. **Day, Mark**. *Forty Acres: Cesar Chavez and the Farm Workers*. New York: Praeger Publishers, 1971. **Dunne, John Gregory**. *Delano: The Story of the California Grape Strike*. New York: Farrar, Straus & Giroux, 1967. **Ferriss, Susan** y **Ricardo Sandoval**. *The Fight in the Fields: Cesar Chavez and the Farmworkers Movement*. New York: Harcourt Brace & Company, 1997. **Franchere, Ruth**. *Cesar Chavez*. New York: HarperCollins Publishers, 1970. **Grsiwold, Richard del Castillo**. *Cesar Chavez: A Struggle for Justice/ La lucha por la justicia*. Houston: Piñata Books, 2002. **Griswold, Richard Del Castillo** y **Richard A. García**. *Cesar Chavez: A Triumph of Spirit*. Norman: University of Oklahoma Press, 1995. **Jensen, Richard J.** y **John C. Hammerback**. *The Words of César Chávez*. Texas: Texas A & M University Press, 2002. **Krull, Kathleen** y **Yuyi Morales** (Ilustradora). *Cosechando Esperanza*. New York: Turtleback, 2004. **Levy, Jacques**. *Cesar Chavez: Autobiography of La Causa*. New York: W. W. Norton & Company Inc., 1975. **Matthiessen, Peter**. *Sal Si Puedes (Escape If You Can) Cesar Chavez and the New American Revolution*. Berkeley: University of California Press, 1969. **McGregor, Ann**. *Remembering Cesar: The Legacy of Cesar Chavez*. Clovis, California: Quill Driver Books/ Word Dancer Press, Inc., 2000. **Orr, Kathy** y **Louise Mehler**. *Health and Safety Report*. *"Physician Reporting of Pesticide Illness."* 20 de marzo del 2000. **Pérez, Frank**. *Dolores Huerta*. Austin: Raintree,1996. **Taylor, Ronald**. *Chavez and the Farm Workers*. Boston: Beacon Press, 1975. **United States General Accounting Office Report to Congressional Requesters**, *"Pesticides: Improvement Needed to Ensure the Safety of Farmworkers and Their Children."* Marzo 2000. **Wardsworth, Ginger**. *César Chávez*. Minneapolis: Lerner, 2005.

En sus propias palabras

"En el momento en que un cambio social empieza, no se puede echar para atrás. No puedes quitarle la educación a quien ha aprendido a leer. No puedes humillar a quien siente orgullo. No puedes oprimir a quienes ya no tienen miedo." La Séptima Convención Constitucional de la UFW, septiembre 1984. La red: www.ufw.org

"Aquél que tiene la idea de que los campesinos están libres de pecado y que los patrones son unos bastardos nunca ha experimentado la situación o es un idealista de primera clase." Ferris and Sandoval, *The Fight in the Fields*, p. 64.

"Mi sueño es que algún día los campesinos tengan el suficiente valor para cuidarse a ellos mismos y, si logran eso, que no se conviertan en egoístas . . . " La Paz, California, octubre 1971. Jensen and Hammerback, *The Words of César Chávez*, p. 71.

"La violencia no resulta a largo plazo y, si es temporalmente exitosa, reemplaza una forma de poder violento con otra que es igualmente violenta." Jensen and Hammerback, *The Words of César Chávez*, p. 97.

"No puedes engañar a la Madre Naturaleza . . . usando pesticidas que matan a los depredadores naturales . . . y ¿a qué precio? ¿Las vidas de los campesinos y sus hijos quienes están sufriendo? ¿Las vidas de los consumidores quienes pueden recoger la cosecha de pesticidas en unos diez o veinte años? ¿La contaminación del agua? ¿La pérdida de reverencia a la tierra? ¿La violación de la tierra? La gente se olvida de que la tierra es nuestro sustento. Es sagrada. Ha trabajado por nosotros por siglos. Es lo que le dejamos a las futuras generaciones." Jensen and Hammerback., *The Words of César Chávez*, p. 149.

"Alrededor nuestro había quienes decían que no íbamos a poder hacerlo. Por doquier había personas diciendo que los patrones eran demasiado fuertes, que la policía iba a estar en nuestra contra, que las cortes nos iban a ganar y que tarde o temprano íbamos a terminar en la pobreza de nuestros abuelos. Sin embargo, probamos lo contrario. Lo probamos porque teníamos un sufrimiento y amor común; nuestras familias se juntaron, se sacrificaron y lucharon por un mañana mejor . . . " Discurso en Coachella, 1973. Jensen and Hammerback, *The Words of César Chávez*, p.78.